김정자 시집

울음산

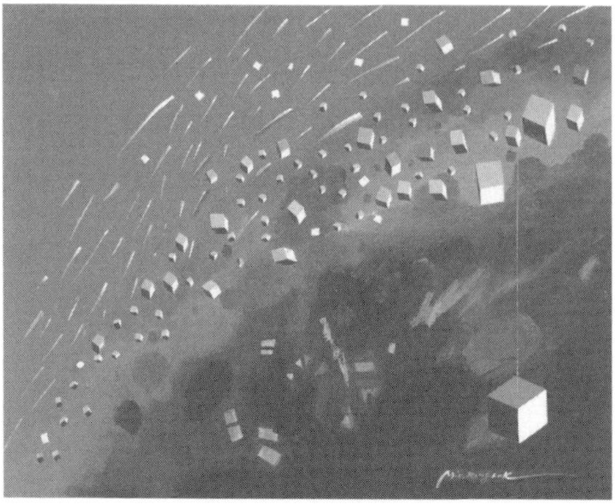

지구문학

국립중앙도서관 출판시도서목록(CIP)

울음산 : 김정자 시집 / 지은이: 김정자. -- 서울 : 지구문학, 2015
p. ; cm

ISBN 978-89-89240-61-7 03810 : ₩8000

한국 현대시[韓國 現代詩]

811.7-KDC6
895.715-DDC23 CIP2015010046

시집을 내면서

울음산 아래 장승내 돌아서면,
거기에 자운영 꽃이 아름다웠습니다
그 예쁜 꽃을 머리에 꽂은 소녀에게
꿈이 있었습니다.

열병처럼 앓다가
때로는
차디찬 얼음처럼 식어가는 감성에 부딪치기를 반백년!

그 서릿발 내리는 세월 속에서
꿈을 이루지 못하고 죽겠구나 싶었는데,

틈틈이 조약돌처럼 주워 모은 시를 묶어
선보이게 되어 눈물 나도록 기쁩니다.

영글지 못한 편편마다
하늘빛 머플러로 가리어 주기를 바랍니다.

2015년 봄

김정자

차례

1부 분재

2부 4월 어느 날

차례

3부 부부별곡

4부 마사리 가는 길

차례

5부 예뫼골에서

1

분재

울음산/ 이맛돌
생명/ 개망초/ 나리꽃
담쟁이/ 맨드라미/ 아카시아/ 제라늄
족두리꽃/ 쥐똥나무/ 할미꽃
분재/ 단풍맞이

울음산

옛날 옛적
천지개벽할 때

어디선가 울면서 떠내려와
우리 집 뒷산이 되었다는 산

단옷날
그네 뛰는 큰애기 치맛자락 날리면

오줌 지리던
어릴 적 추억

세월의 변천에
그 울음산은 간 곳 없고

이제는
큰 도회의
낯선 곳이 되었다

이맛돌

옛날 부엌에는
이맛돌이 있었다

우리 집 부엌에
이맛돌이 내려앉아
불을 땔 수 없었던 날

이맛돌 재는 아저씨를 부르러
심부름 간 내 동생이

"아저씨! 우리 엄마가 이마빡(이마) 재게 오시래요"
"왜 너희 엄마가 내 이마빡을 잰다더냐?"
철없는 어린 동생의 넌센스에
우리는 한바탕 웃음판이 되었다

생명

보도블럭 틈 사이로
하늘을 우러르며
씩씩하게 살아있는 잡초

지나가는 사람들이
밟고 또 밟아도
찬란한 태양을 향해
더욱 발돋움하는 잡초

끈질긴 생명력
그 경이로움
생生의 고귀함이리

개망초

길가에 천덕꾸러기
개망초!

어쩌다 잘못 태어나
슬프고 아픕니다

지나가는 사람들이
못났다고 수군거리지만

그래도
한철 꽃이랍니다

나리꽃

작열하는 7월의 태양 아래
붉게 핀 나리꽃

눈망울 선한
그리운 님 보는 듯

내 가슴은
아직도 설레는데

함초롬히 향기 머금은
나리꽃 송이송이에

지난날이
아스라이 멀어져 가네

담쟁이

벽을 타고 올라간 담쟁이
머문 곳에서 그림을 그렸네

떨어지는 폭포
정이품 소나무
늘어진 수양버들
갖가지 모양의 담쟁이

밤이면 찬란한 별과
밀어를 속삭이네

달빛 물든 담쟁이
아름다운 담쟁이

맨드라미

한여름
마당가 장독대에 핀
맨드라미꽃
닭벼슬 닮았다

향기 없는 맨드라미꽃이
붉게 피어 있네

엄마가
맨드라미 잎사귀 따서
기주떡 만들어 주시던

그 어린 시절은
꿈속에서도 그대로인데

지금은 반백 년
그 세월이
멀리 달아나 있네

아카시아

매봉산 자락에
향기가 흐른다

흩뿌려진
아카시아 꽃잎이
눈꽃처럼 부시다

바람에 묻어온
아카시아 향기가

메마른 내 감성에
은은하게 감돈다

제라늄

여름에
장미색 백색으로 피는
제라늄

남아프리카가 고향이랬지

우리 집 베란다
남향 창가 화분에서

어느 날
꽃대 하나 올라와

환하게 미소 띤 제라늄

족두리꽃

햇살 따가운 한여름

반그늘 아래
화려하게 뽐내고 있는
족두리꽃

전통 혼례 때
새색시가 쓰는
족두리를 닮아 족두리꽃

여름부터 늦가을까지
자줏빛으로 피는 족두리꽃

나비가 바람 타고 나는 듯
신기한 모습
족두리꽃 고와라

쥐똥나무

길섶 울타리
키 작은 쥐똥나무

메마른 가지마다
연둣빛으로 눈을 뜨네

봄비 부슬부슬
물오른 쥐똥나무

희고 보잘것 없는 꽃이지만
코끝에 스민 향기는 으뜸이라

꽃 중의 꽃 모란보다도
정열의 꽃 장미보다도

쥐똥나무꽃 그 아련함은
열아홉 수줍음 같은 향기인 것을

할미꽃

볼을 간질이는 바람
맑은 햇빛 쏟아지는
양지바른 무덤가에
할미꽃 한 송이

비로드처럼 아름다운
자주 빛깔 할미꽃

겸손의 미덕인 양
다소곳이 인사하는
꼬부랑 할미꽃

분재

예술로 승화된 작품
감탄이 절로 나온다

철사로 이리 묶이고
저리 매인 채
주리를 틀고 있다

피울음 우는 그 영혼 앞에
나는 죄를 짓고 있다

남의 아픔을
내 기쁨으로 바라보는
철면피 같아

단풍맞이

온 산야가 곱게 물들었다
빨갛게 노랗게 눈이 부시다

설악산 내장산 지리산으로
모두 단풍 구경 가는데

가지 못하고 저만큼 비켜서 있는
연탄배달 아저씨 나물 파는 할머니

그들 얼굴에도
단풍 빛이 곱게 물들고 있으리라

2

4월 어느 날

7월의 설악산

푸르다 못해
검은 빛깔 울울창창
7월의 설악산

산속에 들어서니
자지러질듯 울어대는
매미소리 드높고

갑자기
하늘에 먹구름 몰려오더니

한바탕 쏟아지는 소나기에
가슴 적셔 보는
설악산의 한낮

어느 여름날의 오후

뜨거워진 열기에
검은 구름 한 점 흐르더니
금세 비 되어 내린다
지열에서 뿜어 나온 흙냄새가
내 코 끝을 간질이고
처마 끝에 흐르는 물줄기
감로수처럼 시원하다
방안 가득 흐르는 음악소리 들으며
빨갛게 익은 고추 한 줌 따서
토방에 널고
가지 호박 밥상에 올린다
눈가에 물새 발자욱 늘어만 가는데
부질없이 다투고 모으며 지내온 세월
어언 서른 해
이제금 내 인생의 노을 앞에서
회한에 젖는다

8월의 바다

8월의 해운대 바닷가
젊은이들의 눈빛이 번뜩인다

조금은 들뜨게 하는

굳어진 마음도 녹이는
8월의 바다

노천 까페에 앉아
생맥주잔 기울이며

소중한 시간을 줍는
무르익은 8월의 바닷가

삼포 바닷가에서

회색 빛 하늘을 이고
부서지는 포말에
지나온 내 젊음을 풀어본다
바위 틈에 알알이
밀어를 새기며
당신과 하나 되어
상기된 얼굴 마주 보며
내 가슴 그리도 설랬지
소금물 고여 흘러 온 삼포 바닷가
시리도록 차가운데
나 지금 여기 와 있네

겨울 바닷가에서

일상의 질서 속에
도망치듯 달려본다
툭 털고 나선 길이
어린 아이마냥 즐겁다
세상을 거꾸로 살 듯
필름을 돌린다
원을 그리며 춤추는
우리는 무희이고
숨이 차도록 뛴다
싸늘한 밤 공기도
무수한 별들의 빛남도
연륜의 터널을 달린다
장엄하게 밀려오는 파도는
포말 되어 부서지고
더러는 크게
더러는 작게
질서를 이룬다
억겁의 세월 속에 반복되는

우주의 섭리가
겨울바다를 잠재운다
뜀박질하는
모래톱에 곤드라지고
소리 지르는 내 목소리는
점이 되어 이어지고
자연의 순리는
우리 인간을 만든다

한여름 밤에

무더운 여름 밤
별이 총총히 빛나는 밤
넓은 바다에 누워
니 별 내 별 헤인다
풀잎 베어다가 피워
연기 날려서 모기 쫓고
엄마가 가르쳐주신 장군석 노래에
밤이 깊어가는 줄 모르고
입으로 부르는 노래
엄마의 노래가 아련히 떠오르네
머리에 서리 내린 세월 앞에도
마냥 어리광부리던 시절이 그리워
이 한여름 밤
꿈에서도 그리는
내 엄마의 추억을 소중하게 꺼내 보네

첫눈

첫눈이 내린다
펄펄 첫눈이 내린다

연인들의 첫눈이 내린다

어릴 적에 눈이 오면
아이들과 강아지들의 세상

발자국 찍으며 흥겨워 했던
어린 시절

감성만은 아직도 그대로인데
무심한 세월만 가고 또 가네

첫눈 내리는 날

밤사이 살포시 내린 첫눈
정원에 소복소복 핀 눈꽃들이
바람에 날린다

따르릉
친구에게서 전화가 왔다

첫눈 내리는 날
오후 3시 기억하라고

오늘은
만사 다 제치고
서둘러
친구 만나러 가야지

내장산

내장산 계곡 따라
스산한 바람이 인다
들국화 구절초 만발하고
잎 떨어진 감나무에
눈부신 햇살 걸려 있네
맑은 공기 가슴 깊이 들이마시고
자연의 아름다움에 흠뻑 젖어
소녀들처럼 흥얼거리는 콧노래
작은 미소와 함께
내장산 계곡 따라
유유히 흐르리

캐나다의 봄

설원을 만끽할 수 있는 곳 캐나다
젖무덤 같은 구릉 위에
순백의 드넓은 대지는
세상의 모든 것을 안은 채
시공을 넘는다
팔다리 찢긴 나목의 울부짖음은
아픔을 견디며
다가오는 봄을 향해
꿋꿋이 참고 또 참는다
주택가 건물 앞에 산더미같이
쌓인 눈 소금산은
말 없는 기다림의 순응을 알고 있다
인간의 잔재주 앞에
자연의 위대한 섭리는
모든 것을 품고
심원의 멋으로
사는 법을 배운다

애쉬랜드(Ashland)에서

– 재再의 땅

끝없이 뻗은 길을 따라
푸르름은 끝이 없고

눈을 들어 좌우를 돌아보니

말(馬)과 얼룩소
그림 같은 집이 있다

그곳에 따스한 불빛과
음악이 흐르고

금실 좋은 노부부의 모습에
우리도 덩달아 행복해지는 하루였다

*애쉬랜드 : 미국 메인주에 있는 지명

4월 어느 날

개나리 진달래 만발하여
내게로 온 4월
시샘하듯
종일토록 퍼붓는 비는
내 마음처럼 무겁다

육십갑자 한 바퀴
돌아온 뒤란 길에서

나는 무엇을 하며
여기까지 왔는가

인생은 일장춘몽인 것을

목 안 깊숙이 고여 오는
서글픔 주체할 길 없어

퍼붓는 비처럼
나도 한없이 울고 싶어라

금오산

– 남편의 두 번째 부임지

차동고개 굽이굽이
산 설고 물 설은 곳에
솥단지 걸어놓고 살림 살았지

문풍지소리에 귀 기울이고
다듬잇소리에 방문 열려도

골살이 외롭고
더부살이 서러워도

오며가며 들여다보는
훈훈한 인정에
마음 붙이고 살았네

온정 넘치는 고장
충절의 금오산

*금오산 : 충남 예산에 있는 산

울산바위

하늘에서
운무가 내린다

하얀 면사포 드리운
울산바위

기쁨 슬픔에도
흔들리지 않는

의젓한 바위

비릿한 내음
바람에 묻어와

바위 언저리에
맴도는데

나, 여기 서서

북녘 하늘 향해
손모아 기원해 본다

3

부부별곡

자화상/ 부부별곡
어릴 적에/ 할머니/ 어머니
아가의 탄생/ 큰딸/ 노부부 · 1/ 노부부 · 2
친구 · 1/ 친구 · 2/ 아픈 손가락
비둘기 자매/ 사진
친구의 부음

자화상

언제나 망설임도 없이
앞을 향해 달렸다

곁에서 발버둥쳐도
거들떠보지 않고

앞만 보고
숨 가쁘게 달렸다

그리고
움추린 자라모양
나를 숨겼다

문득
감긴 눈 부릅뜨고
거울을 보니

웬 낯선 사람이
쳐다본다

부부별곡

하늘이 맺어준 부부

서로 비우고 채우며
살아온 반백 년

언제부턴가 자꾸만 쓸쓸한 부부

지난 날을 돌아보니
눈물 흔적도 있고
미소 띤 얼굴도 보인다

이제
그 세월을 등에 지고
저만큼 고향을 향해 가고 있다

어릴 적에

어릴 적에 미역감으러
장승내로 갔었지

첨벙첨벙 물놀이하는데
갑자기 싸이렌 소리에 놀란 우리는
옷도 못 입고
'다리야 날 살려라'
집을 향해 달리곤 했지
옆구리에 칼 찬 일본 순사들이
긴 가죽장화 신고 '공습경보' 외치면
앞 다투어 방공호로 숨었지
세월 지나 해방된 지 70년
아!
어릴 적 시절이 그립다

할머니

열여섯에 시집와서
열아홉에 유복자 품고
혼자 된 몸

정안수 떠놓고
오직 아들 위해 빌고 또 비는

눈물도 누가 될까 봐
속울음 감추며 지나온 세월

서울 간 아들도 못보고
차마 눈을 감지 못한 할머니
새벽달 앞세우고
훠이훠이 떠난
꿈에라도 보고 싶은
내 할머니

어머니

어머니!
내 어머니!
우리 삼남매의 길을 밝혀 주신
우리 어머니!
어머니의 얼굴에는
항상 잔잔한 미소가
들꽃으로 피었어라
어머니!
당신의 삶은
허허로운 광야에 점點인 채
바람이 스치고 갔습니다
아무도 대신할 수 없는
길을
흰 옷자락 펄럭이며
훠이훠이 가는 뒷모습에
아직도
저녁놀이 곱게 물들었습니다

아가의 탄생

긴 진통 끝에
깊은 물빛 향기로 태어난 새 생명
그 성스러운 빛 부신 순간
아가의 우렁찬 첫 울음은
떠오르는 태양을 향한
희망찬 함성
지나온 시간 모두 잊고
새 생명을 위하여
손 모아 기도하는 아가엄마

큰딸

어린 것들 데리고
머나먼 이국땅으로 떠난
내 딸

교육비에 어깨가 무거워
훌훌 털고 떠났다

측은하고 아린 마음
가눌 길 없었지만
격려하고 응원해 주었다

내 딸
밤마다 외로움 달래며
한 땀 한 땀 수놓은 날들

강산도 변한다는 10년 후에야
아이들 그곳에 두고
남편 곁으로 날아온 내 딸

이제
서로 울타리 되어
남은 삶
곱게 곱게 피어나라

노부부 · 1

하늘이 맺어준 인연

한평생
의지하고 섬기고 이해하면서

부부로 해로하는 동안
얼굴과 식성이 서로 닮아간다

강낭콩 쌀가루 섞어
보재기떡 앞에 놓고 마주앉은 노부부
오순도순 입맛 즐기고 있다

축복이다

오늘도 노을진 정원 벤치에 앉아
추억에 미소 짓는 은빛 머리 노부부

노부부 · 2

노부부가 산책길 따라
손잡고 거닐고 있다

쉬엄쉬엄 앉았다 서다 하면서

바람 쏘이러 나온 노부부

지나가는 젊은이 쳐다보며
부러운 듯 미소 짓는 노부부

친구 · 1

밤내 뒤척이다
잠을 설쳤네

가랑비 내리는 날
어릴 때 뛰놀던
고향으로 모였네

오라는 친구 있어 기쁘고
반기는 친구 있어 행복하네

잠시 옛날로 돌아간 우리
그 때 그 시절 이야기로
눈시울 뜨거웠네

어릴 적 입맛 찾아
고향 음식 즐기고
아늑한 찻집에 둘러앉아

차 한 잔씩 앞에 놓고

주름진 얼굴 마주보며
하얗게 미소 짓네

친구 · 2

들뜬 기분으로 떠나는
친구들과 여행은
소녀들처럼 가슴 설렜다

조용한 찻집에서
그윽한 커피향기에 실려 온
팝송 선율에
우리는 마냥 행복했다

희끗한 머리 주름진 얼굴을
서로 바라보는 눈길 사이로

아른아른 젊은 날이 스친다

아픈 손가락

후줄근한 날씨에
욱신거리는 손가락
덧이 나도 단단히 났나 보다

삭이고 견디며
가라앉기를 기다리는
아린 손가락

고름 쏟아내고
새살 돋아나는 날

가슴에 묻은 아픈 살 점 하나
생각나는 하루

비둘기 자매

햇살이 눈부시게
대지를 비추는 날

살랑이는 바람은
나뭇잎을 간질이는데

지팡이 짚고 유모차 밀고
노인정으로 출근하는 비둘기 자매

굽은 허리
몇 발짝 가다서다 하면서
가까스로 들어선 노인정

친구 만나서 즐겁고
반기는 이웃사촌 있어서 행복하네

희미한 옛 추억 떠올리며
구구팔팔 이삼사의 염원 속에

하루를 보내고

집으로 향하는 비둘기 자매

사진

네살난 계집애가
사진 속에서 웃고 있다

어릴 적 내 얼굴이다

'외몽고' 의 수도 '장가구' 에서
동생 낳으러 조국에 오신
우리 어머니

산 넘고 물 건너
우리 아버지 어머니
고향으로 오셨네

이웃사촌들 반갑다고
떡시루 앞에 놓고 동네잔치 열었네

그 기쁨의 상봉은
내 기억에 영원히 남아

지금도 빛 바랜 사진 앞에서
실눈으로 들여다보네

친구의 부음

봄날 같은 겨울 한낮

친구의 부음 받고
달려간 영안실

영정사진 앞에서
내 눈시울 뜨거워지고

떠나는 길 쓸쓸한데
눈에 익은 얼굴들 보이지 않네

친구야, 내 친구야

낮달만 외로이 떴구나

4

마사리 가는 길

와수리 검문소/ 인연
밤똥/ 영원과 찰나/ 무지개/ 낮달
나목/ 회향/ 마사리 가는 길/ 큰아버지댁 가는 길
나이아가라 폭포/ 어로스툭 밸리 골프장
어느 날 오후/ 환희

와수리 검문소

온 산야가 눈으로 덮인
철의 삼각지대
철원 김화 평강
지금은 이북 땅 평강
학포리 돌아 김화 지나면
오성산에서 들려오는 대남방송에
귀가 먹먹한데
이북을 지척에 두고
와수리 파견 근무하는 남편 따라
드럼통 구들장에
엉덩이 데우고
싸리나무 군불 연기에
눈물로 얼룩진 편지
그 시절의 서툰 사랑
아쉽고 서럽고 외로운 밤이면
목울음 삼키며 지켜온 시간들이
어느새 반백 년의 세월 속에
묻혀만 가는데

때로는 아슴푸레 떠오르는
추억의 소야곡
내 인생의 끝자락을 붙잡고
눈 덮인 와수리를 안는다

인연

태고의 점 하나에
끈을 잇고
내 안에서
열 달 동안 너를 품다
어려움과 기쁨 속
단칸방에서 고고성을 터뜨리던 날
진통의 아픔도 잊은 채
흘러내리는 눈물을 주체할 길 없어
환희의 함성을 지르고 싶었다
우리는 어미와 자식의 인연이 되어
처음 너를 내 품에 안았을 때
풀꽃 내음 뭉클했다
그 기쁨도 잠시
황달에 걸린 너를 안고
한 없이 울었던 나
혈관이 나오지 않는 여린 너에게
허벅지에 이마에 주사 바늘 꽂고
마음 태우던 밤

청천벽력 같은 뇌성마비 진단 받고
쓰러진 이 어미는 차라리
너를 가방에 넣어 다락에 감추고 싶었다
그렇게 너는 내 곁을 떠났다
아직도 내 기억에 어린애로 남아있는 아가야
지금은 오십도 넘은 중년의 모습으로 떠올라
잠이 오지 않는 밤이면
나의 첫 탯줄인
너와 나의 아픈 인연을 그리며
하얀 밤을 지새우고 있다

밤똥

어릴 때
나와 동생은
할머니의 밤똥 친구였다
사시사철
밤에만 일보시는 우리 할머니

뒷산에
대나무 서걱거리는 밤에는
머리끝이 쭈뼛 서고

그럴 땐
뒤뜰 툇마루에 이불 뒤집어쓰고
무서움을 달래곤 했다

닭장에 절하면
고쳐진다는 말도 허사였다

그때 할머니 나이보다

훨씬 많은 지금 나는
추억이 어제처럼 삼삼하다

할머니가 보고 싶다

영원과 찰나

순간은 시시각각 다가오는
행과 불행의 교차선

죽음도 삶도 순간인 것을

사람은 한 치 앞도 모른 채
그저 아웅다웅 살 뿐이다

순간은 영원하고
영원은 찰나이다

내 가족을 사랑하고
친구들을 사랑하고
스쳐가는 이웃을
사랑하리라

무지개

후줄근한 오후
땅에서 뿜어대는 열기
한 줄기 소나기가 반갑다

비 개이니
동쪽 하늘에
쌍무지개 떴다

너와 나의 꿈 무지개 되어
일곱 빛깔로
둥글게 반달로 피었어라

낮달

하 많은 세월의 아픔을
간직한 연인들이여
사랑을 못 이루었는가
사위어 가는 시간들이 못내 아쉬워
빛바랜 낮달은 저리 떠 있고
그믐에서 초승으로
만월에 이르기까지
목젖 아래로 넘어오는
설움을 삼키고
밤이 오기를 기다리는
애틋한 사랑
심연으로 빠져 들어가는
몸짓 가누며
설운 님 기다리는 낮달은
오늘도 서쪽 빈 하늘에서
하얗게 웃고 있다

나목裸木

앙상한 나뭇가지가 떨고 있다
누군가 기다리는 듯

굳굳하게 서서

부러진 가지에 멍이 들었다
헐벗은 몸 감추지 못하고

돌아올 봄을 향해
견디고 서 있는 나목

회향

6월의 녹색 바람이 일렁인다
파란 하늘에 뭉게구름이 떠 있고
새소리 단잠을 깨우는 이곳
프레스카일
싱그러운 바람과 풀 향기는
어릴 적 고향 같은 아침이다
억겁의 인연 있어
이역만리 멀고 먼 이 땅에서
희망과 야망을 품고
발돋움하는 우리 아이들
너희를 위해 기도하는
어미의 마음은
기다림에 세월을 다 써버려도
오로지 촛불 밝히고
너희들 돌아올 때까지
댓돌 위에 놓인 신발 거꾸로 신고
마중 나가마
내 아들아!

내 딸아!

그리고 내 손주들아!

마사리 가는 길

초사흘 달빛에
어슴푸레 드리운 산 그림자가
발걸음 멈추게 한다

마사리 둑 너머 도깨비샘에
반딧불 현란한 저녁이면
멀리 소쩍새 울음 자지러지고

타박타박 걷는 발자국 소리에
등골이 오싹한 밤의 정적은
소복한 여인의 슬픔처럼 흉흉하다

*마사리 : 충남 서산읍 읍내동의 옛 이름

큰아버지댁 가는 길

장승내 돌아 논둑길
빠질세라
마음 졸이며 도깨비샘에 다다랐네
물에 빠져 죽은 귀신 나올까 봐
밤에는 그 길을 가지 못했네
숨죽이며 다다른 큰아버지댁 돌담길
이맘때 쯤 화사한 벚꽃 숲이 터널을 이루었지
사촌 언니랑 시간 가는 줄 모르고
벚꽃 송진 따다 손톱에 거미줄 치며
깔깔거리던 소리가
아스라이 내 귓전을 간질이는데
지금은 사람도 벚꽃도 간 곳 없고
큰아버지댁은
추억 속의 그리움만 남았네

*장승내 : 서산 읍내동에 있는 개울

나이아가라 폭포

수천 갈래로 쏟아져 내리는
물이랑 나이아가라 폭포

우람한 물줄기는
수많은 관광객들의 마음을
흥분케 하고 있다

우리 내외는 딸의 초대를 받아
금혼식 여행을 즐기면서

레스토랑 창가에 앉아
황홀한 시간을 보내고 있다

어로스툭 밸리 골프장(Arostook valley country club)

한낮의 뜨거운 태양도
뭉게구름의 유희를 보며
한껏 즐기는 오후

바람 불어 꽃향기에
목을 간지럽혀도
너는 나에게 취하고
나는 너에게 취했다

초원의 푸른 빛은 끝간데 없고
미국과 캐나다 두 나라가
공존하는 이곳

뚱보 아줌마도 털보 아저씨도
모두 하나다

호숫가에 노닐던 오리새끼는
스쳐가는 스크린처럼 평화롭다

어느 날 오후

어느 날 오후

회색 빛 하늘에
고운 님 미소가 떴다

이따금씩 보일 듯 보일 듯
머금은 미소는

새하얀 눈만큼 아름다운
마음 비우는 사랑의 미소

환희

– 30년만에 이룬 소망

두 손 모아 기도하면서
꿈을 향해 달렸다

가슴 태우던 긴긴 시간
스르르 풀리니

환희에 찬 그 눈빛 눈빛
얼마나 기다렸던가

소망이 이루어지는 날
우리는 모두 환희에 눈물짓다

5

예뫼골에서

기도

새해 새 아침에
따뜻한 새날이게
하소서
희망과 기쁨이
마음에 가득 차게
하소서
너그러운 마음으로
모든 것을 보듬게
하소서
"왼손이 하는 일 오른손이 모르게" 하여
나에게 베풂의 지혜를
주소서
어려움 안으로 삭이고
환희를 나누게
하소서
내가 할 일 누구에게
떠맡기지 말며
스스로 책임질 수 있도록 힘을

주소서

그리하여

세월의 뒤안길에서

후회하지 않는 나이게

하소서

삶

산다는 것은
힘들고 괴로운 일

그러나
건강을 잃은 사람은
한낱 사치라고 말한다

삶엔
높낮이가 있고
길고 짧은 것이 있거늘

근심걱정
잠시 내려놓고

하늘 한 번 올려다보고
산천 한 번 둘러보고

그래도 인생은

한 번 살아볼 만한 것이라고 하나니

마음의 여유와 긴 잣대로
천천히 살아보자

외출

바쁜 일상의 틀에서
하루 외출이 즐겁다

옛적 1학년 3반
초등학교 동창생들이 모였다

까맣게 잊고 지낸
얼굴들이 하나씩 떠오른다

반백이 넘은 육십 고개 언덕에서
희미한 추억들이
실꾸리처럼 한 올씩 풀린다

휴가 · 1

일상의 권태로움에
열병을 앓다가

훌쩍 떠나온 여행이
상큼한 동치미 같아라

아침 새소리에 잠깨어
창가에 앉아서

푸르른 하늘을 본다
햇솜 같은 구름을 본다

저만큼
흔들리는 나뭇잎을 본다

휴가 · 2

젊은 날의 열정과 설렘은
세월 따라 비껴만 가는데

자녀들 성화에
함께 여행을 떠났다

오솔길 따라
고요한 산사를 거니는데

뽐내는 산세와
짙푸른 빛깔이

내 마음 속에 가득하여라

아! 산이고 싶어라

상흔

하루 아침에
불살라 먹은
고단한 영혼

바람 따라
밀려가고 밀려오고

힘차게 살자던
굳건한 믿음이

송두리째
무너져 버린
어느 날 자정子正

차가운 바람만이
으스스 스며온다

오후의 사색

노을진 들녘에
바람이 일렁인다

들풀 사이사이

눈을 번뜩이는
고추잠자리
고추잠자리

소나기 내린 오후
흙냄새 정겹고

내 가슴 한 켠에

풀꽃 향기
짙게 스며 온다

평행선

모래알같이 많은 사람들 중에
너와 나의 만남

잠깐 옷깃을 스쳐도
억겁의 인연이라 했던가

점과 점으로 만나
평행선을 탄 우리

인생의 희로애락에 오르내리며
세월 따라 흐르고 또 흐른다

매듭

태를 묻은 땅에서
육십갑자 한 바퀴 돌았네

남은 생
얽히고 설킨 매듭

한 올 한 올 풀면서
명주 실꾸리 풀어

비단옷 지으리

여정

잠깐 눈 붙인 것이
반백 년이라
아차! 하는 사이 손잡고
뒤돌아 뒤돌아보며
따라가네
빈손으로 왔다 빈손으로 가는
인생
언제나 쓸쓸히 혼자인
인생
멀고 먼 길을
외로이 외로이 걸어가네

예뫼골에서 · 1

크고 작은 계곡 따라 흐르는
예뫼골 물소리
가슴 속 스며드는 그리움이여
여울물 결결에
쏟아지는 햇살
떠가는 나뭇잎에
내 젊은 날의 미소를
띄운다

예뫼골에서 · 2

예뫼골에 들어서니
어디선지
풋사과 향내가 난다

한 발짝 들어서니
어디선지
내 사랑하는 아이들의 웃음소리가
허공을 가른다

세 발짝 들어서니
예뫼골에 흐르는 물소리가
맑디맑다

원죄

바람이 불고 있다
볼이 아릿하다
아무도 동행해 줄 이 없는
사막에서
천둥이 친다

난자 당한 몸뚱이에
피가 흐른다

멋을 줄 모르는
앙금 같은 것이
입안 가득 고여 와도

돌이킬 수 없는 원죄 때문에
걸어가야 하는 평행선

목욕탕

뿌연 수증기 속에서
인어人魚처럼 흔들며
유영하는 탕 속 여인들
이야기꽃이 한창이다

어떤 음식은
어떻게 만들어야 맛있고
어디 물건이 싸고

여인들은 서로 정보교환을 한다

이름도 모르고
사는 곳도 모르지만
목욕탕에서 자주 보는
얼굴만으로도

정다운 이웃이 된다

기다림

태어나고 죽는 것은
순서가 없다고 한다

사노라면
모두가 기다림뿐이다

병원에서 정류장에서 음식점에서
인내하며 기다려야 한다

어려움 괴로움 안으로 삭이며
내일을 위해 묵묵한 기다림

기쁨 있는 종착역을 향해
끈을 놓지 말자

겨울이 가면 봄이 온다는
순리의 법칙을 배우며

기다리고 또 기다리자

김정자 詩의 형이상학파시 지향성

— 김정자 시집 《울음산》의 시세계

石蘭史 이수화
(文協 · PEN 원임 부이사장 · 한국문학비평가협회 회장)

1.

지금(2015년 상반기上半期) 여기(대한민국 서울) 김정자 시인이 속한 이른바 한국의 시단에서 6천 명 이상의 시인(한국문협 시분과 회원수會員數)이 생산해내는 시의 종류를 정확히 가려낼 수는 없지만 대략 서정시抒情詩, 현대시現代詩, 모더니즘詩, 관념시觀念詩, 형이상학파시形而上學派詩 등으로 대별해 볼 수 있겠다.

그 중에서 우리의 김정자 시(金 詩人의 시집 《울음산》에 게재되는 72편의 시詩, 2015, 도서출판 지구문학 刊行)는 형이상학파시形而上學派詩(Metaphysical school poetry) 지향성志向性의 시로 분류된다. 적절한 비유를 다소 벗어난 언사를 빌리자면 형이상학파시 지향성이란 개념 정의는 현재진행형이란 함의가 내포된 개념임을 전제한다. 예시例詩의 행두 넘버는 평설자용이다.

① 강江을 덮던 텐트는 찢어졌다.
마지막 잎의 손가락들이 습한 강둑에 달라붙어 파고든다.
바람은 갈색 대지 위를 지나가는데, 걸리는 것 하나 없다.
선녀仙女들은 가버렸다.
아름다운 템즈여, 가볍게 흘러라, 내 노래 그칠 때까지,
물 위엔 빈 병도, 샌드위치 싸개지紙도 떠 있지 않다.
비단 손수건도, 마분지 상자도, 담배 꽁초도,
기타 여름밤을 상기시키는 아무런 표적도 없다.

– T.S.엘리어트의 〈황무지荒蕪地〉 중에서(李昌培 번역)

② 옛날 옛적
천지개벽할 때

어디선가 울면서 떠내려와
우리 집 뒷산이 되었다는 산

단옷날
그네 뛰는 큰애기 치맛자락 날리면

오줌 지리던
어릴 적 추억

세월의 변천에
그 울음산은 간 곳 없고

이제는
큰 도회의
낯선 곳이 되었다

– 김정자의 〈울음산〉 전문

위 예시 ①의 엘리어트 시는 그를 세기적世紀的, 세계사적世界史的 대시인이게 한 명장시名長詩 〈황무지荒蕪地〉의 한 부분이다. 결코 예사롭지 않은 이 시의 명장면은 엘리어트가 17세기 영국 시인 존 단 일파一派(미국인으로 영국 귀화시인인 엘리어트 300년 선배)의 형이상학파시를 계승, 현대 모더니즘[주지주의主知主義] 시의 대가로 성장한 캐논시(전범시, 典範詩)이다. 오늘 우리의 김정자 시인의 예시 ② 〈울음산〉은 이 시집 《울음산》의 타이틀롤이 되고 있고, 예시 ① 형이상학파시와 일맥상통하는 기법을 보기 위해 병치 인용한다.

예시 ①의 형이상학파시 자질은, 제4 라인 행두에 보이는 "아름다운 템즈여" 에서 선녀들(nymphs)이란 말과 함께 템즈江의 전통적인 아름다움을 연상시키고 과거시의 비시적非詩的인 현실어現實語(마분지, 담배 꽁초 같은 현실 생활 이미저리)가 구사됨으로써 현대의 런던의 도회 생활이 아름다운 전통적 미美를 배경으로 뚜렷이 대조對照되고 있다. 강둑에 달라붙은 손가락의 이미지는 형이상학파시의 결정적 전가의 보도식

기상奇想 이미지(컨시트, Conciet)는 황무지荒蕪地를 표상하는 절대 가치에 닿아 있는 것이다. 이에 못지 않은 형이상학파시 자질로 가득찬 우리의 김정자 시 〈울음산〉 또한 옛날 천지개벽 때 울면서 떠내려온 뒷동산, 큰애기 치맛자락 날리던 단옷날의 어릴 적 추억 같은 아름다운 설화와 풍경의 전통적 미美를 배경으로 세월의 변천에 도시화된 낯선 울음산의 유적지는 시적 주체의 황무지와 다름없는 공간적 상실 의식 황폐한 의식을 대조對照시켜 주고 있다. 특히 제4 스탠자 "오줌 지리던 어릴 적 추억"의 서스펜스로 가득한 공포와 스릴 넘친 공감각 이미지 미학은 기상 이미지(Cenceit)의 절륜미를 창출한다. 이러한 김정자 형이상학파시의 방법과 유사하면서 한층 다면적이고 깊이 있는 시의 기법技法이라 할 수 있는데 이는 울음산이라는 사물의 속살까지 뚫어보고, 여러 면面을 동시에 보아내는 시인(김정자)의 어포던스(다면적 시각)의 지력知力 소산이다. 이 주지력主知力이 바로 엘리어트의 형이상학파시를 계승해 현대 모더니즘시[주지시, 主知詩] 대가로 성장한 강력한 전통적 무기이며 우리의 김정자 형이상학파시 지향성의 실천 역량에 다름 아닐 터이다.

예술로 승화된 작품
감탄이 절로 나온다

철사로 이리 묶이고
저리 매인 채

주리를 틀고 있다

피울음 우는 그 영혼 앞에
나는 죄를 짓고 있다

남의 아픔을
내 기쁨으로 바라보는
철면피 같아

– 김정자의 〈분재〉 전문

위 김정자 시는 형이상학파시 지향성의 시를 졸업한 그 기념비적 형이상학파시 미학의 완성품에 다름 아니다. 우선 그 첫 손가락에 꼽힐 일은 위 예시가 오늘날 현대에 사는 여성들이 예술이랍시고 일본에서 들어온 이른바 축소지향형 의식지향의 전형인 분재盆栽(화초 따위를 화분에 담아 심고 가꾸는 일)를 아이러니로 노래하고 있다는 사실에 있다. 위 예시 〈분재〉는 화자가 분재 예술가의 행위를 두 가지 시각으로 보고 있음을 토로(詩化, 표상화)하고 있다. 하나는 그것(분재)이 예술로 승화되었음을 감탄하는 것(첫 스탠자)이고, 나머지는 그것(분재 예술)의 철면피 같은 제작술의 비인간적 행위(2~3 스탠자)의 상징적 진술이다. 이와 같은 시어詩語들과 태도는 시대를 반영하는 안테나(촉수)와 같은 구실을 하여 준다. 그래서 시인을 그 시대선時代船의 선장이라는 권위 아닌 명예로움으로 바꿔 부르기도 한다. 어쨌든 김정자 예시가 우리에게 들려주는 고뇌苦惱는 그 시어들과 함께 한 시대의 개인적 사사로움에 침잠한, 목소리 없는 영혼에 의해 불확실한 흔들림에서 벗어난 시로 읽힐 수 있다고 나는 확신해 본다.

존 단 일파가 300년 전에 영국에서 창조한 형이상학파시형 중의 하나인 아이러니 기법이 오늘날까지도 우리의 김정자 시를 통해 감탄이 절로 나오는 분재 예술이 철사로 이리저리 묶이고 포박당한 그 피울음 우는 영혼 앞에 죄를 짓고 있다는 아이러니 미학으로 성취되고 있다. 이렇게 김정자 형이상학파시는 그 전통을 이어서 아주 심각한 사상思想과 하찮은 일을 대조하거나 진지한 생각을 오히려 아이러니나 의사비극擬似悲劇(mock tragedy)의 어조로 표현한다. 이는 사상思想을 감정感情으로 환원還元할 수 있는 지적知的 감성感性이 시인(김정자)에겐 특별한 인격임을 반증하는 것이다.

2

하늘이 맺어준 부부

서로 비우고 채우며
살아온 반백 년

언제부턴가 자꾸만 쓸쓸한 부부

지난 날을 돌아보니
눈물 흔적도 있고
미소 띤 얼굴도 보인다

이제
그 세월을 등에 지고
저만큼 고향을 향해 가고 있다

– 김정자의 〈부부별곡〉 전문

예시例詩 〈부부별곡〉에는 김정자 형이상학파시가 그 특질로 삼아 300여 년이나 뒤에 시를 쓰는 후세 시인들, 즉 엘리어트나 랜섬, 파운드, 흄과 같은 현대시(모더니즘시) 창작의 대가들에게 훌륭한 기법적 유산으로 물려준 상징, 암시와 같은 표현술의 다양성을 이 본장本章에서 상세히 검색해 보고자 우선적으로 거론한다. 예시 〈부부별곡〉은 시적 주체가 하늘이 맺어준 부부로서(첫 스탠자) 오랜 세월 살아온 시점에서 느끼는 마음과 상태에 알맞은 언어적言語的 동가물同價物을 찾는 문학적 재능才能의 원숙성圓熟性을 과시한다. 시인(김정자)이 감정(老年에 이른 感情)을 그 동가同價의 이미지로 표현할 수 있는 것은 시인이 징징 짜지 않고 감정을 지적知的으로 규율할 수 있다는 말이 된다. 감정을 동시에 어떤 이미지, 즉 비유比喩로 생각해내는 능력은 사상思想과 감정을 통합해 시적 감성을 가질 수 있는 시인의 특별한 기질이다. 이것이 형이상학파시의 특질로 나타나는 것으로 유능한 현대시인들은 그 전통에 부

합된 명시들을 다수 창작해 온다. 그 대표적 시인이 엘리어트로 마음과 감정의 상태에 맞는 언어적 동가물, 즉 그 감정의 동가적 이미지인 객관상관물客觀相關物(Objective Correlative)을 창출해 낸 장본인이다. 그는 명작 《황무지荒蕪地》(The Waste Land)에서 그 첫 행 "4월은 가장 잔인한 달"이란 표현을 하고 있는 바, 4월이란 보통 새 생명이 넘쳐나는, 생명의 기쁨을 주는 달이지만, 우리 전쟁을 많이 치른 현대인의 정신적으로 죽은 생사중生死中의 입장에서 보면 4월은 우리에게 생生의 욕망을 북돋아 주고 살았음의 기억을 되살려 주는 역설적(파라독스) 잔인함의 달인 것이다. 이 역설의 4월이야말로 기가 막힌 객관상관물인 바, 넘치지도 모자라지도 않은 감정의 동가적 이미지인 것이 된다.

김정자 예시 〈부부별곡〉에서 그것은 "언제부터 자꾸만 쓸쓸한 부부"(제3 스탠자)로 표상한 "쓸쓸한 부부"가 암시적으로 객관상관물이 되어주는 것이고, 최종연 후말 라인의 생중사生中死의 삶을 2원론으로 보는 생사관이 또한 그 객관상관물이 되고 있음에 우리는 김정자 형이상학파시 놀라움의 레토릭(수사학, 修辭學, Rhetoric)을 발견하는 것이다.

이제 김정자 형이상학파시의 지향성 그 다채로운 전개상을 살필 대목이다. 행두 넘버는 모두 평설자용이다.

① 일상의 권태로움에
열병을 앓다가

훌쩍 떠나온 여행이
상큼한 동치미 같아라

아침 새소리에 잠깨어
창가에 앉아서

푸르른 하늘을 본다
햇솜 같은 구름을 본다

저만큼
흔들리는 나뭇잎을 본다

② 언제나 망설임도 없이
앞을 향해 달렸다

곁에서 발버둥쳐도
거들떠보지 않고

앞만 보고
숨 가쁘게 달렸다

그리고
움추린 자라모양
나를 숨겼다

문득
감긴 눈 부릅뜨고
거울을 보니

웬 낯선 사람이
쳐다본다

③ 예뫼골에 들어서니
어디선지
풋사과 향내가 난다

한 발짝 들어서니
어디선지
내 사랑하는 아이들의 웃음소리가
허공을 가른다

세 발짝 들어서니
예뫼골에 흐르는 물소리가
맑디맑다

위 예시군例詩群 ①은 〈휴가 · 1〉, ②는 〈자화상〉, ③은 〈예뫼골에서 · 2〉이다. 형이상학파시의 또 하나의 특질은 기발한 메타포(은유, 隱喩)다. 이 메타포는,

나는 내 인생을 커피 스푼으로 되질 했네.

(I have measured out my life coffee spoon.)

—와 같이 압축되기도 하지만 시 한 편 전체에 또는 한 장면에 걸쳐 작용하는 메타포의 경우도 있다. 김정자 예시 ①의 경우다. 이 시는 〈휴가〉라는 메타 텍스트(제목)부터 메타포다. 열병을 앓아야 하는 일상의 권태로부터 벗어나는 여행 자체가 인생을 잠시 쉬어 가는 〈휴가〉인 셈이기 때문이다. 더구나 이 시가 우리에게 메타포의 기법이 잘 살아있는 묘미는 후말련 두 행에 표상된 "흔들리는 나뭇잎을 본다"는 한결 원숙해진 인생 관조의 자세다. 상큼한 동치미, 잠깨는 새소리, 푸른 하늘 햇솜 같은 구름으로부터 이윽고 저만큼 흔들리는 나뭇잎을 본다는 것, 그 감정(생중사生中死의 존재감)과 사상思想이 구분되지 않은 감성感性의 통일 상태야말로 만상萬象과 합일을 이루는 관조 상태의 메타포인 때문이다. 예시 ② 〈자화상〉은 예시 ① 〈휴가〉에서 흔들리는 나뭇잎으로 노경老境의 생중사生中死 메타포를 관조한 그 아이덴티티로 확인하는 메타포시이다. 후말 두 연에 형상화되고 있는,

문득
감긴 눈 부릅뜨고
거울을 보니

웬 낯선 사람이

쳐다본다

—는 자기 자신의 타자화他者化는 눈물겨운 자기동일성, 평생을 "앞만 보고/ 숨가쁘게 달려온" 자아 정체성 확립의 신념조차 한꺼번에 와르르 무너져 내린 듯한 감정과 사상의 통합된 감수성이 유발되는 메타포 미학 창출일 터이다. 그리하여 예시 ③ 〈예뫼골에서 · 2〉에 이르면 낙원처럼 행복한 공간에 사랑하는 아이들과 함께 정복靜福을 누리는 한 때의 환청을 듣기도 한다. 이상과 같은 김정자 형이상학파시 완성을 향한 지향성은 다양한 기법상의 완제품도 다수 산출되고 있으며, 특히 다음 〈이맛돌〉과 같은 텍스트에 이르면 그의 형이상학파시 미학의 진면목에 독자는 말없는 경이의 미소를 머금치 않을 수 없겠다.

옛날 부엌에는
이맛돌이 있었다

우리 집 부엌에
이맛돌이 내려앉아
불을 땔 수 없었던 날

이맛돌 재는 아저씨를 부르러
심부름 간 내 동생이

"아저씨! 우리 엄마가 이마빡(이마) 재게 오시래요"
"왜 너희 엄마가 내 이마빡을 잰다더냐?"
철없는 어린 동생의 넌센스에
우리는 한바탕 웃음판이 되었다

– 김정자의 〈이맛돌〉 전문

이 시가 김정자 형이상학파시로서의 성취에 이르렀음은 그 언어의 표시적인 면(denotative)에서부터 드러난다. 구어口語와 회화체會話體 2현이 그것이다. 그리고 시내용의 아이러니와 궁핍한 시대의 난관을 헤쳐 나가는 가족사적 유희遊戲, 사상思想과 감정의 회통會通 지향指向 의지이다. 이와 같은 형이상학파시의 회화체會話體 어조語調야말로 정신과 육체, 주관과 객관, 생중사生中死의 가사상태假死狀態로 살아가는(정신적으로는 죽어 있는) 대부분의 현대인을 동시에 파악할 수 있는 가장 지적知的인 주지주의主知主義 현대시로 넘어가는 교두보인 셈이다. 우리는 이미 그 위대한 성취를 T.S. 엘리어트에서 심대하게 보아왔고, 우리의 김정자 형이상학파시에서 다수의 성취시와 더불어 그 지향성志向性의 지평을 얘기까지 또한 심대하게 암시받아 온 사실을 결론삼아 강조해 두는 바이다.

울음산

•

지은이 / 김정자
펴낸이 / 김정희
펴낸곳 / 지구문학

110-122, 서울시 종로구 종로17길 12, 215호(뉴파고다 빌딩)
전화 / (02)764-9679
팩스 / (02)764-7082

등록 / 제1-A2301호(1998. 3. 19)

초판발행일 / 2015년 4월 10일

값 8,000원

E-mail/jigumunhak@hanmail.net

ISBN 978-89-89240-61-7 03810